I.W. Zilke

Sibirische Schatten: 3 Kurzgeschichten

AF448352

I.W. Zilke

SIBIRISCHE SCHATTEN: 3 KURZGESCHICHTEN

Inspiriert von wahren Begebenheiten

Aus dem Englischen
von Eugenia Zilke

Printed by KDP

Für Johann

INHALT

TABULA RASA

I

er Sommer von 1921 war einer der härtesten in der Geschichte Osteuropas. Die Hitze – eine brutale und entsetzliche Hitze, die alle Sinne und Gefühle beraubt, die einen nachts dazu bringt, von Feuer zu träumen –, diese Hitze zerstörte nach wochenlangem Ausbleiben von Wind und Wolken oder irgendeiner anderen Art von Erleichterung die Felder und das letzte bisschen Verstand. Die sadistische Sonne blich alle Farben des Sommers aus; sie verschmolzen zu einer blassen verschwommenen Palette, die an ausgewaschene Wasserfarben erinnerte. Die Menschen starben wie die Fliegen. Manchmal war es nicht der Hunger allein, der die Menschen tötete. Manchmal waren es die Menschen selbst, die töteten.

Einige Zeit später, als die Hitze unglaubliche Ausmaße angenommen hatte, verspeiste ein Mann in der Ukraine seine Frau. Er aß sie nicht sofort auf, sondern Stück für Stück. Ich erinnere mich, wie mein Großvater mir diese Geschichte erzählte - die ihm wiederum von einem seiner Onkel berichtet wurde -, die er als Schlachtung, eine langsame und obszöne Schlachtung beschrieb, da sich der Mann das Fleisch seiner Frau mit Sorgfalt über einen Zeitraum von etwas mehr als zwei Wochen munden ließ. Nachdem er sie getötet hatte - auf welche Weise, ist nicht bekannt -, hing er sie an ihren Füßen in den Brunnen seines Bauernhofs auf. Jeden Tag hackte er etwas mehr Fleisch ab, bis seine Nachbarn sich fragten, warum er immer fülliger wurde, während ihre Kinder und ihre alten Eltern langsam verhungerten. Sie stellten Nachforschungen an. Was sie fanden, überraschte sie weder noch schockierte es sie, denn nach den unzähligen Berichten über Mütter, die ihren eigenen Nachwuchs verzehrten, wie Saturn seine eigenen Kinder, hatten sie bereits seit Längerem vermutet, dass ein solcher Gräuel letztendlich auch ihr Dorf erreichen würde. Die Natur gibt's, die Natur holt's wieder zurück. Vielleicht war es ein Akt der Liebe, dieses Verzehren. Die Mütter stellten sicher, dass andere hungernde Menschen ihre Kinder nicht zuerst verspeisten. Zwei Körper wieder zu einem Fleisch vereint. Die Natur macht keine Fehler. Vielleicht liebte der Mann, der seine Frau im Brunnen aufgehängt hatte, um sich an ihr zu laben, sie buchstäblich zu Tode, indem er ihr die Schmach des Verhungerns ersparte und ihr somit die Ehre anbot, das Leben eines anderen Menschen durch ihren Tod zu verlängern. Vielleicht bringt großes Leid nicht die Bestie des Menschen hervor, wie ein jeder immer vermutet, sondern das Beste: Zuvorkommenheit, Güte und Mut.

Was auch immer dieses Töten wirklich bedeutet haben könnte, so gab es zu jener Zeit keine Möglichkeit zu einer philosophischen Debatte. Bliebe dieser kannibalische Akt ungestraft, würde die Welt, wie die Menschen sie kannten, zu einem Spiegelbild ihrer selbst werden. Vielleicht wäre dies nicht so verheerend, wie so viele glaubten, doch würde eine grundlegende Veränderung von nahezu allen festgelegten moralischen Prinzipien während dieser bereits großen Katastrophe Sodom-und-Gomorra-gleiche Verhältnisse bedeuten. Jedenfalls glaubten die Menschen das. Um eine gewisse Ordnung zu erhalten, mussten schnell Entscheidungen getroffen werden. Kurzum, der Mann wurde ohne Gerichtsverfahren von einem Mob gehängt. Später behaupteten seine Mörder, dass er den Namen seiner Frau gerufen hatte, bevor sein Genick am Galgen brach.

1923 war ein gutes Jahr. Für die Überlebenden war es, als ob das Grauen der letzten zwei Jahre nicht ihnen, sondern anderen Leuten widerfahren war, Menschen, mit denen sie nichts zu tun hatten, Menschen, die in einer anderen Welt gelebt hatten. So etwas konnte nicht ihnen widerfahren sein. Ihre gegenwärtige Lage des Wohlstandes deutete darauf hin, dass es am Ende doch einen Gott gab, aber es bedeutete auch, dass Gott für das verantwortlich gewesen war, was zuvor geschehen war. Und so begann das große Vergessen. Sie beschäftigten sich mit dem Pflügen ihrer Felder, mit der Vorbereitung von Hochzeiten, mit Diskussionen darüber, ob es nicht klug wäre, sich doch einem *Kolchos*, einem landwirtschaftlichen Großbetrieb, anzuschließen. (Damals hatten die Bauern noch eine Wahl; ihr Land war ihr Eigentum.) Doch das Herz vergisst nicht.

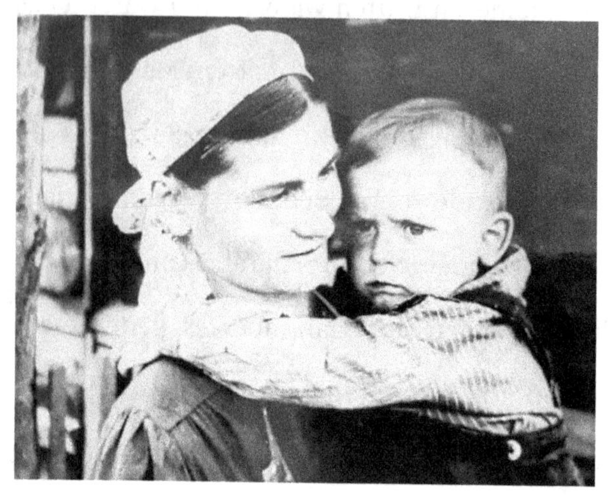

Die Hungersnot hatte erhebliche Auswirkungen für alle Beteiligten. Ich stelle mir immer vor, wie dieses Leid die DNA aller Überlebenden – nach all den Gräueltaten, die sie erlebt hatten, die sich keiner von ihnen hätte jemals vorstellen können – verändert hatte. Demnach würden diese neuen Menschen nie wieder vollkommenes Mitgefühl für ihre Mitmenschen empfinden; ihre Augen maßen die Welt nun anders, sie hatten sich einer tieferen Dimension gestellt, welche den anderen, die einen solch verzehrenden Hunger nicht erlebt hatten, verborgen blieb. Ihre Herzen würden für immer spröde bleiben, wie welke Herbstblätter. Sie konnten Krüppel, die an ihrer Türschwelle um Essen bettelten, einfach abweisen, während sie gleichzeitig um ihre verlorenen Angehörigen weinten. Also war es nicht Apathie, die die Männer dazu veranlasste zu trinken und die die Frauen im Schlaf zum Weinen brachte; oft verhielt es sich auch andersrum. Das Herz vergisst nicht.

Ich bin inzwischen zu dem Schluss gekommen, dass das einzige Mittel, um den Schmerz zu lindern, die Vergebung gewesen wäre. Aber Vergebung für wen? Bislang habe ich noch keine Antwort darauf gefunden. Vielleicht war es weise von ihnen gewesen, dass sie nicht danach gesucht hatten, sich von ihrer Last zu befreien, denn die kommenden Jahre würden sich genau wie dieser höllische Sommer als harte Probe erweisen, wenngleich auch auf eine andere Art. Hätten sie einen Weg gefunden, die Schrecken ihrer Seelen abzustreifen, wären alleinstehende Mütter nicht in der Lage gewesen, während der Kriegsjahre zehn Kinder durchzubringen und nicht eines von ihnen verhungern zu lassen, ohne dabei den Verstand zu verlieren.

Obwohl mein Großvater zu jener Zeit kaum ein Jahr alt gewesen war, bin ich sicher, dass die Hungersnot ihre Spuren auch auf seiner Seele hinterlassen hat. Keiner war von ihr verschont geblieben. Wenn man ein Jahr alt ist, ist die Seele wie eine Tabula Rasa – so unglaublich leicht zu beeinflussen. Was hatte seine junge Seele im Sommer 1921 gelernt?

EMMA

Ich mistete gerade den Schweinestall aus, als ich ihn hinter meinem Rücken atmen hörte. Ich wusste sofort, was passieren würde. Ich wehrte mich nicht. Er war sehr still, während er es tat. Seltsam, ich habe keine klaren Erinnerungen an den Akt an sich, sondern lediglich an die Gedanken, die mir dabei durch den Kopf schossen. Eigenartige Gedanken.

Passiert das wirklich? Passiert mir das jetzt wirklich? Mir? Warum passt keiner auf mich auf? Bin ich denn für niemanden wichtig genug? Für niemanden?

Ich hatte schon zuvor Berichte von derartigen Dingen, die anderen Frauen widerfuhren, gehört.

Zugeflüsterte Geschichten, die vom Wind davongetragen wurden. Es hatte nicht mal sehr wehgetan. Sehen Sie, ich war damals noch ein junges Mädchen gewesen. Eine „Jungfrau", wie man so sagt. Man rechnet damit, dass es wehtut. Doch der Schmerz kam erst später. Es war ein reiner, stechender Schmerz. Manchmal scheint es, als hätte mich der Schmerz nie verlassen.

Auch ich verhielt mich still. Die ganze Zeit über. Abgesehen von diesen eigenartigen Fragen, die ich mir immer wieder und wieder gestellt hatte, erinnere ich mich noch an den scharfen Gestank von Schweinemist. Doch es gab auch etwas anderes, das meine Sinne überwältigte. Plötzlich vermischte sich die Luft im Stall mit dem süßen, betörenden Duft von Narzissen, welche auf wundersame Weise immer noch im Garten - trotz seines verwahrlosten Zustandes - am Haus meiner Mutter wuchsen.

Ich weiß nicht mehr, wie lange es dauerte; ich habe sogar vergessen, ob ich aufstand oder im frischen

Heu, das ich für die Schweine verstreut hatte, liegen blieb. Ich glaube, auch die Tiere verhielten sich still. Ich hatte mir immer vorgestellt, dass *so was* einem Kampf glich, wo zwei Körper sich bekriegen, wo der eine Körper den anderen dominiert. Nein, so war es ganz und gar nicht gewesen. In der Stille, die mich umgab und eine Art Vakuum um mich herum bildete, blickte ich stattdessen zum einzigen Fenster und sah zwei Vögel am Abendhimmel, die gemeinsam davonflogen. Nie zuvor in meinem Leben hatte ich mich so einsam gefühlt wie in dem Moment.

Als es vorbei war, erinnere ich mich noch, wie schnell er aufstand, als ob meine Haut plötzlich angefangen hätte, die seine zu verbrennen. Er hatte mich, während er es tat, noch nicht einmal angesehen, und er blickte auch dann noch zur Seite, als er sich die Hose wieder anzog. Dann ging er langsam hinaus, ohne sich umzudrehen.

Doch ich hatte ihn angeschaut. Ich hatte jeden seiner

Gesichtszüge beobachtet. Die Lippen waren kirschrot, die Wangen leuchteten wie zwei frische rote Äpfel. Und die Augen ... seine Augen ... unergründlich und kühl, wie der sibirische Abendhimmel im Sommer. In dem Augenblick wusste ich, dass er mir etwas genommen hatte. Die Freude am Leben konnte es nicht gewesen sein, denn ich lasse diese Geschichte im reifen Alter von 92 Jahren von einer jungen entfernten Verwandten aufschreiben. Ich denke nicht sehr oft über diesen Abend nach, doch wenn ich es tue, dann stelle ich mir immer wieder dieselbe Frage: Was hatte Johann mir damals genommen?

Als ich wieder alleine war, verharrte ich während der aufkommenden Abenddämmerung noch im Stall. Niemand rief mich zum Abendessen nach Hause. Erst als die Sonne bereits untergegangen war, stellte ich mich auf meine zwei großen Füße. Das eine Merkmal, auf das ich eigenartigerweise stolz bin, trotz des damaligen Schönheitsideals, dass kleine

Füße femininer sind - mit anderen Worten, zerbrechlich und schwach - und welches bis heute anhält. Ich habe zwei große starke Füße, die mich aus vielen, vielen Situationen hätten davontragen können. Doch Füße müssen auch die Befehle des Gehirns ausführen und mein Gehirn schien fortwährend zu schlummern. Wenn ich es hätte dazu zwingen können aufzuwachen, hätte ich die Welt um mich herum vielleicht wahrnehmen können, wahrhaftig wahrnehmen können. Doch es schien immer so, als ob meine Sinne durch einen seidenen Schleier vernebelt wurden - ich nahm nur einige Flächen der echten Welt wahr, während mein starrer Blick durch verworrene, von meinen Tagträumen gewebte Verzierungen getrübt wurde. (Vergeben Sie mir meine Ausdrucksweise, aber manchmal scheine ich in Bildern zu denken.)

Ach, wie ich meine Tagträume geliebt habe! Ich war schon immer so gewesen. Aus diesem Grund hatte mich meine Mutter auch gerechterweise immer gescholten, obwohl mein verträumter Zustand mich nie von der harten Arbeit abgehalten hatte. Ein weiser Dichter schrieb einst: „Alles, was wir sehen oder zu sehen glauben, ist ein Traum in einem Traum." Nie zuvor habe ich eine bessere Beschreibung von dem, was ich als vierzehnjähriges Mädchen gefühlt hatte, gehört als diese; wenngleich ich diesen Spruch immer noch nicht so ganz verstehe. Ich bin nicht so gescheit.

Ich bin nie zur Schule gegangen. Mein Vater wollte immer, dass ich eine Schulbildung erhielt, doch meine Mutter dachte anders darüber.

Johann war ein seltsamer Mann. Sein Verhalten war unberechenbar, doch bei ihm konnte man sich immer einer Sache sicher sein: er übernahm Verantwortung für seine Taten. Vielleicht auch eine zu große Verantwortung. So renovierte er einmal ein kleines Haus am Rande seines Bauernhofs, als es deutlich wurde, dass ich schwanger war. Er richtete es mit wunderbarer Sorgfalt ein. Für eine kurze Weile verwechselte ich als junges, romantisches Mädchen seine Bemühungen mit seiner Liebe zu mir. Diese Annahme wurde weiter dadurch bestätigt, dass er schon bald das Mittagessen und auch das Abendessen gemeinsam mit mir in meinem Haus mit dem seiner Frau vorzog. Das gemeinsame Essen löste bei mir immer ein gewisses Schamgefühl aus. Er schaute mich nie an und bemühte sich auch nicht um ein gemeinsames Gespräch. Dies vertrieb schnell den Gedanken, dass er Liebe für mich empfand. Aber warum besuchte er mich so häufig? Hatte er bereits erkannt, dass seine Ehe vorbei war?

Ich war vollkommen verblüfft, als sich seine Frau dazu entschloss, ihn zu verlassen. Nicht einmal in meinen kühnsten Tagträumen konnte ich mir vorstellen, dass eine Frau die Wahl haben könnte, ihren Mann zu verlassen. Als Berta wegging, wuchs auch meine Bewunderung für sie. Ich weiß nicht, woher sie die Kraft gefunden hatte wegzugehen. Ich bin nie so stark gewesen. Ich lasse die Dinge mit mir geschehen; ich beeinflusse die Dinge nicht.

An dem Tag, als sie fortging, verloren seine Augen diesen besonderen Glanz. Ich hatte diese Augen aus der Ferne immer insgeheim und mit einer gewissen Scham bewundert. Manchmal erstrahlten sie so hell, als ob die Strahlen der Sonne direkt auf sie trafen. Doch das geschah nur, wenn er Berta anschaute. Es schien, als ob sie nie bemerkte, dass seine Blicke erfüllt waren vor Liebe, doch es war nicht ihre Schuld. Johann schaffte es immer, seine besten Charaktereigenschaften zu verbergen.

Kurz nach ihrer Abreise und der Geburt meines Sohnes wurde unsere kleine Familie um ein neues Mitglied erweitert. Johann adoptierte ein kleines Mädchen namens Lydia. Allem Anschein nach wurde sie von ihrer Mutter sehr schlecht behandelt, denn diese hatte einen Mann gefunden, den sie über alles zu lieben glaubte, doch dieser Mann empfand keine Liebe für ihr kleines Mädchen. Darum hatte Johann Mitleid mit Lydia. Dieser Akt der Selbstlosigkeit rührte mich für eine sehr lange Zeit zu Tränen. Es erhob meinen Geist in Gefilde, welche ich nicht beschreiben kann, Gefilde, die meinen Geist in den Himmel emporhoben, sodass ich ein goldenes Leuchten um alles und jeden sah und mein Herz vor Aufregung hämmern ließ. Und nein, nicht, weil ich Johanns Entscheidung, ein kleines

Mädchen in Not zu adoptieren, so herzerwärmend fand. Diese selbstlose Tat war für mich der Beweis dafür, dass er es bereute, zutiefst bereute, was er mir an jenem Tag im Stall angetan hatte. Verzeihen Sie mir, wenn das albern für Sie klingt, aber es lag daran, dass meine Vorgeschichte sich mit der des kleinen Mädchens so sehr ähnelte. Selbst ich muss jetzt über meine eigene Dummheit lachen, oder wäre „Naivität" ein besseres Wort dafür? Ich dachte wirklich, dass er mich, seine Emma, in diesem kleinen Mädchen sah, und dass er Buße für seine Sünden durch sie erlangen wollte, weil er wahrscheinlich dachte, dass es zu spät war, mich um Vergebung zu bitten. Ich war unglaublich gerührt bei dieser Vorstellung. Es mag für Sie vielleicht weit hergeholt klingen und ich kann es Ihnen auch nicht verdenken, wenn Sie mich für eine dumme Gans halten würden, aber ich hatte ja bereits erwähnt, dass ich mich ständig in meinen Tagträumen verloren hatte. Ich hatte mich in diesem Traum derart verfangen, dass ich noch nicht einmal die Tatsache, dass er sich bei mir nie - kein einziges Mal - entschuldigt hatte, übel nahm. Meine Anforderungen waren ziemlich gering, also fühlte ich mich geschmeichelt, dass er zumindest versuchte, die Dinge mit mir durch dieses Mädchen wieder ins Reine zu bringen.

Natürlich ahnten alle im Dorf außer mir, warum er Lydia adoptiert hatte. Ich bin sicher, dass er keinen einzigen Gedanken an die gute alte Emma verschwendet hatte, als er mit der Mutter des Mädchens darüber sprach, sie bei sich aufzunehmen. Zuerst fragten sich alle im Dorf - außer mir natürlich -, was in Johann gefahren war, genau dieses Kind zu adoptieren, welches noch eine Mutter hatte, wo es doch Hunderte von Waisen in unserer Gegend gab, die auf einen gutherzigen Erwachsenen warteten, der sie bei sich aufnehmen würde. Aller Wahrscheinlichkeit nach hatte er diese Frau aus einem Nachbardorf geschwängert und Lydia war sein Bastardkind.

Das Mädchen war glücklich bei uns, und ich kümmerte mich um sie, als wäre sie meine eigene Tochter, selbst als mein stumpfsinniger Tagtraum zerbröselt war wie ein Streuselkuchen. Ein Jahr später tauchte ihre Mutter spontan vor unserer Haustür auf, um sie zurückzufordern, doch Johann überließ Lydia die Entscheidung.

„Nein, Papa, nein. Ich möchte bleiben. Lass mich bitte hier bleiben", weinte sie ununterbrochen, während sie ihn von hinten fest umklammerte. Daraufhin ging ihre Mutter fort und kam nie wieder zurück. Doch dafür kehrte eine andere Frau zurück.

Nach einem Jahr war sie wieder da, in unserem kleinen Dorf. Ich kann mich noch gut daran erinnern, wie Johanns Augen für den Bruchteil einer Sekunde aufleuchteten, als hätte jemand eine Kerze in seinem Kopf angezündet, nachdem er von dieser Neuigkeit erfahren hatte. Ich freute mich für ihn. Ich hatte noch nicht einmal über die Auswirkungen nachgedacht, die

Bertas Rückkehr auf mich haben könnten. Aber selbst wenn ich wieder in mein kleines Haus eingesperrt wäre, es wäre mir egal gewesen. Ich bereitete für uns alle sofort Borschtsch - Bertas Lieblingssuppe - zu.

Doch sie setzte nie wieder einen Fuß in Johanns Haus. Ich sah sie nur einmal während ihres kurzen Besuchs, und das war, als sie in Tränen aufgelöst auf die Straße lief. Ihr Gesicht war so unglaublich aufgeschwollen gewesen ... einige Frauen sehen hässlich aus, wenn sie weinen. Ich war geschockt nach draußen getreten, als ich ihr Wehklagen hörte, und in dem Moment sahen wir uns gegenseitig in die Augen. Es war, als ob wir uns gegenseitig verstanden hätten - zwei Frauen, gefangen in einer merkwürdigen, ungerechten Welt. Verzeihen Sie, wenn das alles so dramatisch klingt, aber mir fällt keine passendere Beschreibung dafür ein. Anscheinend hatte er gehofft, sie würde zurückkommen und wieder bei uns wohnen. Sie lehnte natürlich ab. Wie konnte Johann überhaupt so etwas vorschlagen? Eine Frau, die mutig genug ist, eine unerträgliche Situation hinter sich zu lassen, kommt nicht zurück ohne Aussicht auf eine echte Veränderung - das heißt, ein Leben mit dem Versprechen, als wertvoller Mensch betrachtet zu werden.

Also ging sie fort. Johann weinte dieses Mal nicht einmal, oder vielleicht ging er auch in den Wald und teilte seinen Aufruhr den Vögeln mit, die seinen

Kummer weit, weit weg von ihm davontragen konnten. Er ging öfter in den Wald, wenn er das Gefühl hatte, seine Seele würde zerbersten. Seltsamerweise zog er sich nicht in den Wald zurück, als der Telegraf ihm die Neuigkeit von Bertas Tod ein paar Jahre später berichtete. Stattdessen lief er nach draußen in den Hof, raufte sich die Haare und gab zwischen seinen Schreien animalische Laute von sich. Wir waren alle erschüttert, Johann in einem solchen Zustand zu sehen, wie er seine Traurigkeit so vollkommen unverschleiert und ungeniert zeigte.

Als ich von ihrem Tod erfuhr, sprach ich drei Tage lang kein Wort. Ich begrabe meinen Schmerz tief in mir. Ich kann ihn natürlich nicht so loswerden; er verweilt dort und taucht in einem unpassenden Moment hervor, so wie an Weihnachten oder an meinem Geburtstag.

Dann beißt der Schmerz in mein Herz wie eine

Schlange und hinterlässt einen stechenden Schmerz,

der mich selbst in meinen Tagträumen verfolgt.

32

FEDERN

Seit ich denken kann, konnte ich nicht einen einzigen Satz aussprechen, ohne dass ich ein Wort oder einen Buchstaben wiederholen musste. Sie mögen vielleicht glauben, ich bin dumm, aber das bin ich nicht. Ich schwöre, ich habe meinen eigenen Namen nicht vergessen, wenn Sie mich danach fragen. Meine Zunge will einfach nicht mitmachen. Das ist alles. Obwohl ich manchmal glaube, dass es mein Verstand ist, der mir Streiche spielt. Ich stelle mir immer vor, wie ein Wort in einem Neuron feststeckt und so unfähig wird, zum Axon eines anderen Neurons zu gelangen. In diesen Augenblicken balle ich meine

Fäuste so fest, dass meine Fingernägel sich in meine Handflächen bohren. Die Leute behaupten, meine Mutter sei schuld. Sie schlug uns immer mit ihren Fäusten, wenn wir etwas taten, das ihr nicht gefiel. Manchmal schlug sie uns auch mit dem Einkaufsnetz, mit dem sie das Brot aus dem Laden nach Hause trug. Dieses tat mehr weh als ihre Fäuste, aber Jungen weinen nicht. Nein, das tun sie nicht. Sie sagen, dass es wegen diesem ständigen Schlagen sei, dass alle neun von uns stottern. Einige von uns mehr, manche weniger. Ich gehöre zu den ersteren.

Ich bin in meinem eigenen Kopf gefangen. Ich möchte etwas sagen, kann es aber nicht. Wohlgemerkt, wenn Sie das Wort zuerst sagen, kann ich es perfekt aussprechen. Leider sind die Leute allgemein nicht in der Lage, meine Gedanken zu lesen. Also schweige ich die meiste Zeit. In den seltenen Fällen, in denen ich versuche zu sprechen, wiederhole ich dasselbe Wort oder denselben Buchstaben so oft, dass mich nur das Lachen der anderen innehalten lässt. Sie wissen nicht, was dieses Lachen mir antun kann. Ich möchte mich dann tief in der Erde vergraben, damit jeder vergisst, dass ich jemals existiert habe. Das ist jedoch keine Option. Schweigen ist auch keine Option. In der Schule hat jeder gewusst, dass ich stotterte. Und manchmal haben die Lehrer nicht von mir verlangt, eine Frage zu beantworten. Ich habe sie dafür geliebt.

Trotzdem war die Schule der wahre Schrecken meines Lebens, nicht meine Mutter und ihre Fäuste und Einkaufsnetze. Nein, es war die Schule. Jeden

Morgen wachte ich mit rasendem Herzen und verschwitzter Stirn auf. Ich hasste mich selbst. Jeden Morgen fragte ich mich, warum es so schwer war zu sprechen. Andere konnten es, ohne mit der Wimper zu zucken. *Sag es einfach,* sagte ich mir dann immer, *sprich es einfach aus.* Aber das machte es nur noch schwerer, die Worte aus meiner Kehle herauszudrücken - es fühlte sich oft so an, als wären sie dort gefangen. Manchmal versuchte mein Körper mir zu helfen, die Worte auszupressen - er verkrampfte sich und ließ mein Gesicht zucken. Dies brachte die Kinder dazu, noch heftiger zu lachen. Ich wollte sterben in solchen Momenten.

Eines Tages schickte mich meine Mutter in den einzigen Laden in unserem Dorf, um Backwaren zu kaufen. Sie selbst war keine großartige Köchin. Ich erinnere mich, wie meine Hand zitterte, als sie die Münzen hineinlegte. Ich wusste, dass ich sprechen musste, um etwas zu kaufen. Wenn ich einfach nur mit dem Finger auf das zeigte, was ich wollte, würde ich den Ladenbesitzer reizen. Er würde brüllen, dass ich einfach sagen sollte, was ich wollte, dass er nicht den ganzen Tag Zeit hätte - auf die übliche harte und direkte Weise des sowjetischen Volkes. Ich war noch nie allein in diesen Laden gegangen, aber meine Fantasie war immer dann am lebhaftesten, wenn ich sicher war, dass ich eine weitere Demütigung erleben würde. Man könnte meinen, ich hätte mich inzwischen daran gewöhnt. Doch mein Verstand weigert sich abzustumpfen.

An diesem Tag, als ich in der Ferne das Holzdach des Ladens erblickt hatte, blieb ich stehen. Ich hoffte auf Regen, einen verwüstenden Regen, der den irdenen Pfad unter meinen Füßen in Schlamm und zahlreiche Pfützen verwandeln und mich so daran hindern würde weiterzugehen. Aber der Himmel war noch genauso hellblau wie die Iris in den Augen meiner Mutter. Ich suchte den Birkenwald nach Wölfen ab. Wölfe wären doch sicherlich ein Grund, nicht in den Laden zu gehen. Doch Wölfe waren in diesem Teil Sibiriens schon lange nicht mehr gesehen worden. Ich merkte, wie die Tränen in mir aufstiegen. Ich überzeugte mich davon, dass ich einfach da stehen bleiben konnte. Nur. Ein. Wenig. Länger. Doch die Drohung der Prügel meiner Mutter schwebte über all meinen Gedanken, all meinen Handlungen. Also befahl ich meinen Beinen, mich weiter in Richtung Laden zu bewegen.

Manchmal wollte ich fluchen. So sehr. Aber alle Schimpfwörter, die ich kannte, fingen mit schwierigen Buchstaben an. Manchmal wollte ich auch Worte der Liebe sagen, aber diese waren genauso schwer auszusprechen. Sie schienen aus Federn zu bestehen, die im Wind tanzten - man muss ihnen nachlaufen, um sie zu fangen, doch wenn man sie dann hält, merkt man, dass sie so leicht sind, dass man nicht weiß, ob sie überhaupt, *überhaupt*, einen Unterschied machten.

Ich betrat den Laden mit dem üblichen Gedankengang: *Mach dich nicht lächerlich, sag einfach die Worte, sag sie, sag sie einfach.*

Niemand stand hinter dem Tresen. Das ist immer umso schlimmer. Ich musste warten, bis der Ladenbesitzer zurückkam, während mein Herz mit jeder Sekunde schneller schlug.

Vier von den Brötchen mit den Rosinen oben drauf, bitte. Nein. Nicht so. „V" war einer der schwierigen Buchstaben. *Brötchen mit den Rosinen oben drauf. Vier von denen, bitte.* Ja. Das könnte funktionieren. Ich hatte nie Probleme „B" auszusprechen, und wenn ich den Satz schnell sagte, würde mein Gehirn nicht merken, das „vier" mit einem „V" beginnt. Was brauchte Mama noch? Schokoladenkekse. *„Sch"*. Ich drehte mich zum Ausgang. Der Ladenbesitzer war noch nicht da. Ich könnte immer noch gehen. Ich würde Mama sagen, dass der Laden nicht das Zeug hatte, das sie wollte. Sie würde mir natürlich nicht glauben, und nachdem sie das selbst nachgeprüft hätte, würde sie nach Hause kommen und mich schlagen. Aber das war in Ordnung. Ich konnte ihre Schläge verkraften. Die blauen Flecken heilten sehr schnell. Ja, das klang nach einem guten Plan, und während ich mich dazu beglückwünschte, ein Genie zu sein, und mich gleichzeitig beschimpfte, dass ich diese Idee nicht früher gehabt hatte, kam der Ladenbesitzer aus dem angrenzenden Raum. Er stand da und blickte mich hinter seiner metallenen Ladenkasse an. Er schaute mich einfach nur an. Sein

Blick war eine giftige Mischung aus Erwartung und Ungeduld. Dieser Mann war die schlimmste Person, mit der ein Stotternder sprechen konnte.

„I-I-I-I-I-I- …“

Ich hatte meinen durchdachten Plan vergessen. Ich schloss meinen Mund. Ich schaute zu ihm hoch. Er hatte weder seinen Gesichtsausdruck verändert noch sich bewegt. Ich dachte, *Vielleicht hat er meine missliche Lage nicht bemerkt?* Auch normale Leute stottern ab und zu mal. Ich hätte einer von ihnen sein können. Mein Herz schlug ein klein wenig langsamer; dann öffnete ich meinen Mund wieder. Diesmal rollte noch nicht einmal ein Buchstabe von meiner Zunge. Noch nicht einmal ein Ton. Wenn mich jemand erstochen oder auf eine andere Weise getötet hätte, könnte ich in diesem Moment nicht einmal schreien. Egal wie oft sich mein Körper verkrampfte, egal wie schmerzhaft mein Gesicht zuckte, um einen Ton zu erzeugen, Stille war das Einzige, was aus mir hallte.

Ich schloss meinen Mund wieder. Der Schweiß von meiner Stirn vermischte sich mit meinen Tränen. Ich meinte, ich hätte den Ladenbesitzer etwas sagen hören, als ich aus dem Laden rannte, war mir aber nicht sicher. Es könnte auch der Blutstrom gewesen sein, der durch meine Adern pumpte und mir einen Streich spielte.

Ich war fertig. Fertig. Mit allem. Ich wollte mich mit dem Rücken flach auf den Schotter legen und darauf warten, dass mich ein Auto überfährt. Das ist übrigens immer noch mein Lieblingstagtraum. Doch in den 60er Jahren benutzten die meisten Leute in meinem Dorf Pferdewagen. Also hockte ich mich stattdessen angelehnt an die Wand des Ladens hin und schluchzte. Ich verbarg mein Gesicht nicht in den Händen. Doch meine sentimentale Einsamkeit währte nur kurz: Der Ladenbesitzer kam heraus, packte mich am Arm und schwang mich auf die Füße.

„Du kleiner Scheißer, das nächste Mal verabschiedest du dich gefälligst, bevor du meinen Laden verlässt, oder so helfe dir Gott …“

Meine Tränen trockneten so schnell, wie sie aus meinen jetzt weit geöffneten Augen geströmt waren. Wie ein Fisch an Land öffnete sich mein Mund und schloss sich wieder. Öffnete und schloss sich.

„Hast du mich verstanden?“ Sein Speichel, den er beim Brüllen ausgespuckt hatte, landete auf meiner Wange. Ich wollte ihn wegwischen, aber meine Glieder fühlten sich so schwer wie Stein an. Es war jedoch keine Angst, die es mir unmöglich machte, mich zu bewegen. Ein plötzlicher Instinkt zu töten durchfuhr mich wie ein Ansturm wütender Wespen. Ich wollte die Augen dieses Mannes mit einem Löffel ausschaben. Ich wollte seine Kehle weit aufschlitzen, um zu sehen, wie sein Blut in sprudelnden Strömen hinauspumpt.

„Fick dich. Fick dich für immer.“

Seine Hand ließ meinen Arm los, um mir eine Ohrfeige zu verpassen, aber ich trat in letzter Sekunde zur Seite und rannte fort.

Obwohl die Spuren der Schläge meiner Mutter - nachdem der Ladenbesitzer sich bei ihr über mich beschwert hatte - nicht so schnell verheilten wie vorher, war ich in meinem Leben noch nie glücklicher gewesen als in diesem kurzen Moment des unendlichen Triumphs.

ISABEAU KELM

Zur blauen Stunde

Band 1 der Stunden-Reihe

Anno Domini 1583, das Fürstentum Moldau:

Entdecken Sie das außergewöhnliche Schicksal einer jungen Roma-Sklavin, die auf ihrer Suche nach Macht und Freiheit erst in die geheimen Wissenschaften eingeweiht wird und dann sogar das Herz des Fürsten, Urenkel Vlad Draculas, gewinnt …

ZUR GOLDENEN STUNDE

ISABEAU KELM

Zur goldenen Stunde

Band 2 der Stunden-Reihe

Anno Domini 1593, das Mittelmeer:

Die Abenteuer der ehemaligen Roma-Sklavin Irina gehen weiter. Ihren Traum von Reichtum und Macht weiter verfolgend, führt sie ihr Weg erst nach Kandia und dann nach Malta, dem Bollwerk des Malteser Ritterordens. Doch dort wütet eine der verheerendsten Seuchen Europas …